Aventures

de

M. De Villemont.

AVENTURES

DE

M. Arthur DE VILLEMONT.

Aventures

DE

M. Arthur DE VILLEMONT,

Écrites par lui-même.

ROUEN,

IMPRIMERIE D'ÉMILE PÉRIAUX FILS AÎNÉ.

1825.

Si cette faible Production, écrite à la hâte, vient s'offrir à vos yeux; si je puis jamais apprendre que vous l'ayez lue avec intérêt, je me croirai trop payé de quelques veilles.

Je suis avec un respectueux & bien tendre attachement,

Mademoiselle,

Votre très-humble et très-obéissant serviteur,

✳ ✳ ✳

DE

M. Arthur **DE VILLEMONT**,

ÉCRITES PAR LUI-MÊME.

***

M. DE VILLEMONT, mon père, était le
rejeton d'une des plus riches et des plus
anciennes familles de Normandie ; il

n'eut que deux enfants. Malheureuse-
ment pour moi, je vins un an après mon
frère qui, suivant les coutumes de cette
Province, devait se trouver un jour
l'unique possesseur des titres et des biens
de mes aïeux, tandis que moi, simple
chevalier, j'étais destiné à courir le
monde pour me faire tuer ou pour
m'enrichir; car, avant ma naissance,
on avait arrêté le projet de faire, l'enfant
à naître, religieuse si c'était une fille, et
marin si c'était un garçon.

Mon frère devint l'objet de tous les
soins, et de toutes les sollicitudes. Mal-
heureusement encore, en venant au
monde, le chirurgien ou moi fûmes
cause de la mort de ma mère. Le doc-
teur se rejeta sur le nouveau-né; je

ne pouvais me défendre, j'eus en conséquence tous les torts; et dès-lors, M. de Villemont me vit avec d'autant plus d'indifférence qu'il aimait sa femme à l'adoration.

Je passai les premières années de mon enfance au château de mon père; je fus soigné par la femme du concierge, allaité par une chèvre, ensuite confié à un pédant brutal, qui, pour faire sa cour à mon père, voulait bien ne me trouver que des défauts, tandis que mon frère aîné brillait de toutes les qualités. Malgré tous les dégoûts dont mon injuste pédagogue ne cessait de m'abreuver, je ne laissai pas que de faire des progrès, et de comprendre les au teurs qu'il cherchait, je crois, à me rendre inintelligibles.

Mon père poussant ses projets avec rapidité, à douze ans me transféra à Brest, où l'on m'enseigna la théorie de la marine, et à quatorze ans je fus embarqué sur un vaisseau du roi, pour passer au Cap-Français, sous les ordres de M. le comte de Grasse. Si j'avais eu à me plaindre du peu de tendresse de l'auteur de mes jours, je n'en fus pas moins très-vivement recommandé, et je fus accueilli avec tous les égards dus à un fils d'aussi bonne famille.

Je ne vous détaillerai point, chers lecteurs, le combat que nous essuyâmes dans la traversée et où nous fûmes défaits. On prétend, et j'ai tout lieu

de le croire, que le comte de Grasse
fut trahi.

J'eus le bonheur d'arriver sain et sauf
au Cap-Français : là, on rassembla tous
les débris de notre flotte, et l'on deman-
da des hommes de bonne volonté pour
l'expédition que le bailli de Suffren
allait entreprendre dans les Indes-Orien-
tales. Notre première disgrâce ne m'a-
vait point découragé, parce que je
l'attribuais à sa véritable cause ; au
contraire, la vue d'un combat naval
m'avait aguerri : la renommée du guerrier que j'allais suivre me décida entièrement.

Je me fis aussitôt inscrire, et à l'arrivée
du Bailli, j'eus l'honneur d'aller le saluer.
Mon nom était loin de lui être inconnu :

j'en reçus l'accueil le plus flatteur ; je fus admis à monter son vaisseau *le Héros*.

Notre escadre était nombreuse ; M. de Suffren avait reçu carte blanche de la Cour, et la victoire sous un tel chef nous semblait assurée. Nous ne fûmes point trompés. Malgré les vents contraires, les calmes longs et terribles, malgré le défaut d'eau qui nous fit perdre plus de la moitié de notre monde, nous fîmes une route complètement victorieuse ; nous combattîmes vingt-deux fois, et vingt-deux fois nous sortîmes vainqueurs.

Oh, Français ! si vous connaissiez toutes vos ressources, aucune nation ne pourrait vous être comparée ! Vos frontières seraient d'airain ; vous tiendriez la balance des peuples, les mers vous seraient librement ouvertes; mais usant sagement de votre pouvoir, vous assureriez l'égalité des droits; la terre ne ferait plus qu'une famille; les communications élèveraientles connaissances, formeraient le goût, étendraient les domaines du génie. L'artiste jouirait de ses travaux, et un seul point du monde n'en troublerait plus l'harmonie. Une seule population, pour obtenir une orgueilleuse et injuste prééminence, ne foulerait plus aux pieds les traités les plus sacrés. Vous alliez atteindre ce but; on le prévoyait; on le désirait. Le cabinet de Londres était humilié, lorsqu'une secousse affreuse vint ébranler notre belle France; lorsqu'au lieu de la liberté, soufflant le feu de l'anarchie, des monstres firent tomber sous la hache homicide les têtes de nos plus célèbres navigateurs !

C'est dans cette célèbre expédition du bailli de Suffren, que nous prîmes Pondichéry, que nous chassâmes les anglais de plusieurs autres comptoirs ; que nous leur brulâmes un nombre infini de bâtiments, et qu'ils se virent enfin forcés de solliciter la paix, qui leur fut accordée. En 1782, je revis la France, après en avoir été absent plusieurs années. Ce fut dans le port de Brest que nous débarquâmes[1].

Il est temps que je vous fasse con-

---

[1] Tout ce que nous venons de dire sur l'expédition du bailli de Suffren est historique.

naître le fruit que je retirai de mon voyage. Dès mon départ de France , je fus recherché d'amitié par un jeune noble de Provence , que le seul défaut de fortune de ses parents avait jeté dans le service de la marine. Une antipathie invincible, et dont je ne pouvais me rendre compte , me faisait éviter toutes les occasions de me lier avec lui. Dans le même vaisseau, chaque jour à la même table, il était impossible de ne pas être souvent en présence l'un de l'autre. Il s'empressait alors de provoquer nos conversations , et semblait y apporter d'autant plus d'obstination, que je prenais à tâche de le fuir.

C'était dans ces sentiments d'une véritable haine pour Auguste, que je l'entendis au Cap m'annoncer, tout joyeux, qu'il était du nombre de ceux qui allaient aux Indes, et que j'étais pour beaucoup dans sa détermination. Il m'apprit ensuite, mais avec l'accent du bonheur, que nous étions camarades de chambre : sa persévérance me blessait ; je le reçus froidement, et je crois même lui avoir répondu une impertinence. Je m'apercevais que je lui causais de la peine, je m'en voulais ; mais j'aurais désiré qu'il me laissât en repos.

Sous la ligne, je fus attaqué du scorbut, et plusieurs jours sans connaissance. La première personne que je reconnus, ce fut Auguste à mes côtés, me contemplant avec inquiétude. Les

premiers mots que j'entendis, furent
les éloges d'Auguste, à qui j'étais rede-
vable de l'existence. On m'avait cru
mort, on voulait me jeter à la mer;
Auguste s'y était opposé, et avait su
me rappeler à la vie : eh bien ! j'eus
peine à lui en avoir obligation.

Nous en vînmes aux mains avec les
Anglais, devant le Cap-de-Bonne-Espé-
rance ; un mât est brisé par un boulet;
un bout de hunier me tombe sur la tête;
un cordage me lance à la mer, je devais périr. Je reprends mes sens; et
c'est sur mon hamac, dans les bras
d'Auguste, que je me retrouve : il s'é-
tait précipité après moi et m'avait encore
rendu à la lumière. Faut-il avouer que
je fus insensible à ce nouveau service ?

Devant Madras, nous sommes obligés d'en venir à la mêlée; je suis terrassé : un matelot va me frapper de sa hache; Auguste l'a vu, il s'est élancé: sa main a saisi l'arme fatale ; mais lui-même est atteint sur la tête, et tombe baigné dans son sang. Je ne puis vous décrire l'effet que ce spectacle produisit sur moi; je me sentis un tout autre homme. Le généreux Auguste prend dans mon cœur la place qu'il y méritait. C'est à mon tour à braver pour lui le trépas ; je me précipite, je rugis de rage ; des larmes coulent de mes yeux ; je frappe, je disperse ; et je dégage mon Auguste de la mort. C'est le plus tendre ami; c'est un autre moi-même que je prends dans mes bras ; la plume est

moins légère que mon précieux far-
deau ; je le porte dans ma chambre à
travers mille périls ; et c'est-là que je
puis lui prodiguer les soins d'une tendresse alarmée.

Mon ami n'avait pas perdu la vie ;
mais il était bien mal , l'appareil qu'on
a mis sur sa blessure va être levé. Cette
action décidera de ses jours ; je suis
dans une attente affreuse. On prononce
enfin. Il y a de l'espoir , et je puis res-
pirer librement.

Auguste se rétablit : l'amitié que je lui
ai vouée lui a fait bénir mille fois les
dangers où il s'était exposé. Nous devîn-
mes dès-lors inséparables. M. de Suffren
vit avec plaisir notre étroite liaison.
C'est avec ce digne ami que j'ai passé

trois années, les plus heureuses de ma vie, sur les côtes du Malabar et du Coromandel : ces lointains climats m'offraient des plaisirs que je n'avais jamais rencontrés sur ma terre natale, où j'avais été étranger à ceux qui auraient pu m'y rendre l'existence agréable. Aussi les quittai-je avec peine! Aussi les regrettai-je encore chaque jour! Mais qu'irais-je y chercher maintenant?

Nous avions vécu, pendant notre voyage, d'une manière très-réservée, et à notre retour en France, nous nous trouvâmes à la tête d'une assez belle fortune. Notre capital se trouva encore augmenté par un à-compte sur nos parts de prises, que M. de Suffren nous fit toucher. Nous sollicitâmes et obtînmes la permission de nous retirer jusqu'à la prochaine guerre. Nous avions envie de parcourir ensemble la France, et d'habiter quelque-temps la Capitale, où jamais je n'étais allé, quoique mon père y eût un superbe hôtel ; car chaque voyage qu'il y avait fait, mon frère seul l'avait accompagné.

Avant de voir Paris, nous décidâmes d'aller visiter nos familles. Nous prîmes une chaise de poste, et j'accompagnai Auguste jusqu'à Marseille, où demeuraient ses parents. Nous fûmes reçus au-delà de toutes mes espérances. La tendresse que l'on portait à mon ami, le spectacle d'une famille intéressante et si bien unie : tout m'enchanta.

Auguste avait une sœur charmante :

elle était recherchée par le fils d'un riche armateur. Malgré leur ancienne noblesse, les parents de la demoiselle auraient volontiers consenti à cet hymen. Il en était autrement du côté du jeune homme: son père n'était point décidé à le satis-faire. Il ne heurtait pas de front ; mais il se contentait de traîner en longueur, dans l'espérance que le temps affaiblirait l'amour de son fils.

J'étais de tous les secrets ; je sentis que je pouvais faire bien des heureux. Nos capitaux réunis s'élevaient à près de deux cent mille francs. « J'ai réfléchi à une chose, dis-je un jour à Auguste.—A quoi?—Ta sœur aime celui qui la recherche. — C'est vrai, me répondit-il avec douleur. — Pourquoi s'affliger,

ne serait-il pas un moyen de les unir ?
— Avec de l'argent.... ; mais il me coû-
tera notre séparation. — Et pourquoi
cela ? — Ma sœur, réplique-t-il en hési-
tant, aura les fonds qui m'appartiennent ;
mais alors elle ne me laisse plus la possi-
bilité de voyager. — J'entends, mon
cher Auguste, je connais ta peine ; mais
elle pourrait me blesser. N'avons-nous
pas en commun deux cent mille francs ?
Ne peux-tu pas disposer de la moitié,
et le reste n'est-il pas le bien de deux
amis ?.... Ne nous suffira-t-il pas ?....
Tu hésites. Si j'étais à ta place, tu n'en
ferais donc pas autant ? — Ah ! mon ami.
—Tu acceptes...» Et je le pressai dans
mes bras.

Les arrangements furent bientôt terminés, et le mariage arrêté. Nous fûmes obligés de rester jusqu'après sa célébration. J'écrivis à mon père, que des affaires me retenant, j'aurais plus tard le plaisir de l'embrasser.

Ici va commencer, pour moi, une nouvelle existence!

Je n'étais pas toujours avec Auguste. Chaque matin, tandis qu'il s'entretenait avec sa famille, je sortais seul. Doué d'une âme exaltée, je ne pouvais me lasser d'admirer le magnifique tableau qu'offre le port de Marseille ; la vaste étendue de la mer, sur laquelle se croisent mille bâtiments de toutes les nations ; l'activité des commerçants, les rues ornées de superbes édifices, les environs si cultivés et annonçant

l'industrie, les beaux arts, et l'opulence ;
un ciel presque toujours serein ; des sites
enchanteurs : tout me ravissait. Il y avait
quelques jours que je jouissais de ce
tableau, lorsqu'un matin, en passant
devant un des plus riches hôtels, je levai
la tête pour en parcourir la façade. Une
jeune dame était au balcon. Je n'avais jamais été épris : toutes les femmes avaient
eu droit de me plaire, mais sans que j'en
eusse distingué aucune. Je ne dirai pas
si celle-ci me parut belle ou bien faite ; et
cependant sa vue seule changea mon
âme : elle y jetta un trouble qui me sé—
duisit, et me subjugua pour long—temps.

Ce fut le cœur rempli de l'image
de cet inconnue, que je retournai chez
Auguste. Je n'étais plus à sa conversa—

tion. Mon imagination, sans cesse portée au balcon, ne me laissait plus répondre que de travers. Il s'aperçut de mon trouble, et n'eut pas de peine à savoir ce qui m'était arrivé. Soit la crainte de voir une affection plus forte anéantir celle que je lui portais, soit pressentiment de ce qui pouvait résulter de cette passion, il sembla atterré et fut quelque temps sans pouvoir me répondre.

Je crois que je suis amoureux, dis-je enfin; je sens déjà que je ne puis exister loin de celle qui vient de s'offrir à mes regards.

Il fallut que dès le jour même nous sortissions pour voir ensemble l'habitation devant laquelle j'étais passé le matin : à mesure que nous en approchions, le cœur me battait avec violence; aussitôt que je l'aperçus , je l'indiquai à mon ami. J'appris que c'était un hôtel garni où descendaient les gens les plus distingués. Lorsque nous passâmes devant, nous ne vîmes personne au balcon ; seulement nous entendîmes les sons harmonieux d'une harpe : ils accompagnaient une voix enchanteresse ; nul doute , c'était sa voix : elle venait de l'appartement devant qui je l'avais vue : elle électrisait mon cœur !

Je rentrai chez mon ami encore plus épris. J'étais fou , je délirais. Charme d'un premier sentiment que vous acquerrez d'empire sur nous en bien peu de temps ! Je connaîtrai cette femme adorable, pensai-je. Auguste prendra des informations, ou plutôt il ira à l'hôtel ; il y retiendra un appartement ; je l'occuperai jusqu'à notre départ... Et mille rêves se succédaient dans ma pensée. J'étais tellement hors de moi, tellement pressant, qu'Auguste dut s'acquitter de suite de son message.

Avec quelle impatience je l'attendis ! Il ne fut pas plus d'un quart-d'heure sorti, et ce quart-d'heure me sembla un siècle. Il est enfin de retour ; sa figure est triste ; mais je l'attribue à la peine de notre séparation. « Eh bien, mon ami, eh bien ? – Mon cher de Villemont, je n'ai pas de bonnes nouvelles. – Tous les appartements sont occupés. – C'est bien plus malheureux que cela...»

Sans savoir ce qu'il avait à m'appren-

dre, je ne pus en entendre davantage.
Ma vue se troubla, je me sentis défail-
lir ; dès que je revins à moi-même, je
fus frappé de la pâleur des traits d'Auguste, je m'en voulus du mal que je lui
causais, et j'exigeai de lui une expli-
cation. J'appris que cette femme, pour
qui je soupirais, était mariée ; qu'elle
était depuis quinze jours à Marseille,
où elle attendait M. de Mirville son
mari. Après ces renseignements, Auguste
n'avait pas cru devoir prendre d'autres
informations.

Je n'avais rien à objecter. Je tombai
dans une stupeur effrayante. Je fuyais
tout le monde, jusqu'à Auguste lui-
même. Mon ami fit tant, qu'il me per-
suada enfin de chercher à me distraire.

J'employai tous les moyens qui étaient en mon pouvoir : les promenades et le théâtre. Dès l'aube du matin, on me voyait sur les bords de la mer attendre le lever majestueux de l'astre du jour. Je cherchais inutilement dans la contemplation de la nature, à repaître mon âme, trop émue, des tableaux enchanteurs auxquels je n'étais insensible que depuis quelque-temps. Le soir, je prolongeais mes courses, et j'espérais que la fatigue me permettrait de goûter les douceurs du sommeil. Vain espoir ! L'image de l'enchanteresse me suivait en tous lieux; dans le calme des nuits, mon cœur battait avec rapidité ; mon sang s'allumait; ma tête s'égarait de plus en plus. J'aspirais à la tranquillité, et je

ne rencontrais que trouble et désespoir!

Je ne résistai pas long-temps à la fatalité de ma destinée. J'osai traverser de
nouveau la rue qui m'avait été si
funeste. Je revis la maison qui renfer-
mait la cause de mes tourments. Une
fois ce premier pas, on ne vit plus que
moi aller et venir de ce côté ; le hasard
m'offrit encore mon inconnue et toujours
au balcon.

Cette nouvelle vue acheva mon délire. Je ne sais qui m'empêcha de retourner sur mes pas pour exécuter de
suite le projet que je venais de former.
C'en est fait, dis-je à Auguste, en
rentrant, je suis entraîné par un
penchant au-dessus de mes forces. Si

je ne puis appartenir à madame de Mirville , qu'au moins j'habite sous le même toît : que, pendant notre séjour à Marseille je puisse la voir, peut-être l'entendre , peut-être aussi lui parler. Vivre ainsi loin de ce qu'on aime , tandis qu'on pourrait faire autrement, c'est un supplice que je ne puis plus supporter !

Auguste eut beau me faire mille objections, j'étais sourd à toutes ses observations et aux prières de l'amitié. Ce ne fut qu'avec peine, et une extrême impatience, que j'attendis le jour suivant. Je m'empressai d'aller à l'hôtel m'informer s'il y avait un appartement disponible. Il s'en trouvait un , et je jugeai qu'il était voisin de celui de madame de

Mirville. Je m'y installai sur-le-champ.
Auguste était obligé de condescendre à
tous mes désirs ; mais combien il souf-
frait ! Dès ce moment, il sentit qu'il
n'y avait de remède que dans un
prompt éloignement, et il commença
à mettre ses affaires en ordre, afin d'avan-
cer notre départ.

Je ne m'étais pas trompé , l'appartement de madame de Mirville était sur
le même carré que le mien , et dès le
jour même j'eus l'occasion de passer
à ses côtés, et de lui adresser mon
salut. J'étais tout tremblant ; c'était une
espèce de victoire que je remportais
sur ma timidité. Mon salut me fut rendu
avec tant de grâce , que je me trouvai
tout-à-fait enhardi. La nuit se passa

en rêves délicieux ; mille heureuses chimères ne cessèrent de m'occuper. Le lendemain, je fis demander la permission d'aller m'informer de la santé de mon aimable voisine. Cette permission me fut accordée, et me mit au comble de mes vœux.

Notre première entrevue se passa dans les politesses d'usage ; je racontai naïvement à madame de Mirville, mon nom, ma famille, mes voyages, et mon étroite liaison avec Auguste. Ce récit parut l'intéresser vivement. Pendant notre conversation, je remarquai dans ses traits quelque chose de mélancolique, qui me fit soupçonner qu'elle n'était pas heureuse. Je me sentis émouvoir d'une vive sollicitude. J'au—

rais voulu dès cet instant pouvoir lui dire : Ah ! Madame , vous avez près de vous le plus tendre des amis, confiez-lui vos chagrins; il les partagera, et saura les alléger s'il est en son pouvoir !

L'heure passait avec rapidité, je sentis que je ne devais pas abuser d'une première permission. J'aspirais tant à en obtenir d'autres , que je me retirai bien plus promptement que je ne l'aurais désiré.

Mes visites, après plusieurs jours , nous mirent dans une plus étroite intimité. J'avais essayé plusieurs fois de parler de M. de Mirville; elle avait toujours éludé la conversation sur ce sujet. Nul doute qu'il était l'auteur de ses chagrins. Je ne sais, mais cette pensée me causait plus de joie que de déplaisir. Cependant, la voyant un jour plus triste qu'à l'ordinaire, mon âme fut froissée de sa douleur. Je lui parlai avec tant d'intérêt ; je sollicitai sa confiance avec tant de franchise et d'instances, que je la vis enfin prête à me satisfaire. J'étais dans l'attente. Ce ne fut qu'après quelques instants de la plus vive émotion qu'elle put commencer à parler.

« Le malheur a besoin d'épanchements, et vous m'inspirez assez de confiance pour vous parler de mon infortune. Je suis mariée, Monsieur. » Et une larme s'échappe de ses yeux. « Je suis mariée, et la femme la plus à plaindre. Les indignes procédés de mon époux ne

me permettent plus d'habiter avec lui :
je voudrais lui soustraire sa victime.»
Ses larmes coulèrent avec tant d'a-
bondance, qu'elle fut long-temps sans
pouvoir continuer. « J'ai en vain réclamé
l'appui de mes parents ; mariée contre
leur volonté, ils ont été sourds à mes
prières... L'occasion serait favorable...
L'absence de mon mari... Je pourrais
le fuir et retourner dans le sein paternel.
Mais le silence de ma famille..... Seule
ici, sans appui, que puis-je entreprendre ? Hélas ! me résigner à ma
triste destinée, et attendre le retour de
mon perfide époux. »

—Ah ! Madame, m'écriai-je avec trans-
port, gardez-vous-en bien ? Tant de
qualités, tant de charmes, méritent un

sort plus heureux. Si vous avez conçu de moi une idée favorable, daignez ne pas la perdre. Confiez-vous sans crainte à mes soins ; je vous rendrai à vos parents. Votre vue ; les larmes, le désespoir, les malheurs de leur enfant appaiseront leur courroux. Ils ne peuvent être inhumains ceux qui vous ont donné le jour ! »

L'homme qui a aimé autant que moi : l'homme sans expérience, plein de franchise, et dont l'âme s'ouvre pour la première fois aux douces impulsions de l'amour : l'homme qu'un sentiment irrésistible entraîne vers un objet qui lui paraît tout céleste : cet homme-là, dis-je, peut seul apprécier le pouvoir d'un être adoré ! Je partageai les sentiments de madame de Mirville : je regardai son époux comme un monstre ; je devais protection à sa victime.

Je levai tous les obstacles qu'elle me présenta ; j'applanis toutes les difficultés ; et nous prîmes enfin tous nos arrangements. Nous devions nous rendre à Paris ; là, je la confierais à un de ses parents, qui ne refuserait pas de l'accompagner dans sa famille. L'honneur me prescrivait de ne rien dire à personne de ce projet. Je m'y crus engagé même envers Auguste. Je le voyais dans les instants que je ne consacrais pas à madame de Mirville. Je l'aimais toujours ; mais je craignais ses observations.

Je louai une berline sous le nom de

madame de Mirville : elle avait prévenu la maîtresse de l'hôtel, que son mari lui donnait l'ordre de le rejoindre. L'heure fut indiquée aux postillons, et le rendez-vous à un quart de lieue de la ville. Je me munis de vingt-cinq mille francs, et j'écrivis ce billet à Auguste :

« Mon cher Auguste,

» L'amour m'emporte loin de toi. J'ai pris » l'or dont je prévois avoir besoin. Je t'écrirai » du lieu où nous pourrons nous réunir.

» Si je n'avais eu que mon secret à garder, » Auguste l'eût partagé.

» Pour la vie, ton fidèle ami,

» Arthur De Villemont. »

Je suis réuni à madame de Mirville, et au faîte de la félicité : balancé dans

une voiture bien douce, pressant légè-
rement ses vêtements, et respirant l'air
embaumé par son haleine.

D'après ce que m'avait dit madame
de Mirville, nous avions tout le temps
d'arriver à Paris : aussi pour ne pas
trop la fatiguer, faisais-je marcher à
petites journées ? Je suivais l'impulsion
de mon cœur. Je me trouvais si bien
à ses côtés ; j'avais tant de plaisir à la
contempler, qne je redoutais notre
arrivée dans la Capitale ?

J'étais persuadé que madame de Mirville ne pouvait m'appartenir : sans avoir
sur elle aucune intention qui pût me
faire rougir à ses yeux, je nourrissais
cependant une flatteuse espérance. Elle
semblait fuir son époux, et j'ambition-

nais le seul titre de son ami ; mais d'un ami bien tendre. J'aurais voulu entretenir une de ces liaisons qui peuvent paraître ridicules au commun de la société ; l'amour platonique existe , car je le ressentais dans toute son étendue.

J'aurais voulu acheter son bonheur aux dépens de ma vie : mais aussi recevoir les serments de son inviolable attachement ; j'aurais voulu ma récompense dans une confiance sans bornes , dans des regards pleins de tendresse. J'aurais enfin voulu passer tous mes jours à ses côtés, et lui rendre le culte d'une âme ardente, mais remplie d'admiration.

C'est ainsi que j'aimais ; c'est ainsi que je me berçais des plus douces illusions. J'étais à chaque instant près d'ouvrir mon âme à madame de Mirville. Je fus long-temps retenu ; je craignais par un mot de la blesser, et de détruire subitement tout le charme de ma position.

Notre route se fit sans accident jusqu'à quelques lieues de Montargis. Là, un ressort s'étant cassé, la caisse de la voiture portant à plein sur les brancards, il fallut de toute nécessité descendre pour la faire raccommoder. Une bonne femme passait avec sa fille : elle nous offrit un abri chez elle, nous l'acceptâmes : elle demeurait à peu de distance. Nous fîmes le trajet à pied, la voiture fut placée dans une cour pour y être remise en état.

L'habitation dans laquelle nous nous trouvions était propre et commode ; nous y restâmes deux jours, qui ne sortiront jamais de ma mémoire. Madame de Mirville était d'une douceur angélique : elle possédait, sans en paraître énorgueillie, une voix charmante, et beaucoup de talents agréables. J'étais séduit, et lui trouver des défauts m'eût été impossible.

Le temps était magnifique, nous ne pouvions sortir dans le milieu de la journée : le soleil avait alors trop de force. J'avais emporté quelques livres avec moi, et nous consacrâmes ces moments à la lecture ; je lisais la touchante poésie de Racine ; mon âme semblait passer dans mes paroles, et je

peignais ce que je ressentais si vivement !

Le matin et le soir nous nous livrâ-
mes à la promenade. Nous étions dans
une situation délicieuse, l'air était pur
et embaumé. Les campagnes offraient
des sites enchanteurs ; d'un côté elles
étaient bornées par quelques chaînes
de montagnes, et de l'autre, par une
forêt immense. Nous nous trouvâmes
un soir portés sous les frais ombrages
des bois : nous en parcourions avec
bonheur les sinuosités. Nous parlions
de l'amour, je l'exprimais avec toute la
force dont j'étais susceptible. Le pro-
fond silence qui régnait autour de nous,
l'entière solitude, la vue de l'objet que
j'idolâtrais : tout servait à égarer ma

raison ; je respirais à peine, ma poitrine était gonflée, je m'aperçus que ma jeune amante partageait mon émotion. J'osai enlacer sa taille, et nos lèvres se réunirent : j'allais profiter du plus heureux moment. J'eus un instant de réflexion, et je reculai de quelques pas avec l'horreur de moi-même. « Femme charmante, m'écriai-je en me jetant à ses pieds ; non, non, ce n'est pas moi qui te coûterai un repentir. Non, je ne troublerai pas la tranquillité de ta belle âme. »

Madame de Mirville étaitrevenue de son trouble : je la conjurai de me pardonner l'instant où j'avais montré de la faiblesse. Elle répandit quelques larmes. «C'estmoi, me dit-elle, qui dois craindre.

Qu'allez-vous maintenant penser ? Si vous l'eussiez voulu, j'étais déshonorée.
— Ce que je pense : que je suis le plus heureux des hommes, et vous, la femme la plus adorée. »

De cet instant s'établit l'intimité que j'avais désirée. Mon âme habitait les sphères célestes : l'univers s'était décoré pour moi d'un prisme enchanteur : je la possédais, et je pouvais lui dire tout ce que je ressentais pour elle. Je pouvais entendre sa voix si touchante répondre à mes serments d'amour. Je pouvais lui communiquer mon délire, et par fois la presser sur mon cœur. Nous fîmes nos adieux à ce fortuné séjour et partîmes pour Paris, certains d'aimer et d'être aimés; car nous nous

le jurions sans cesse, et toujours avec
un nouveau charme. Je louai un superbe
appartement dans un hôtel garni. Là,
elle pouvait attendre son parent. Nous
fûmes quelques temps sans le voir paraître; je n'en étais que plus satisfait.

Tout marchait au gré de mes désirs.
Mon cher Auguste n'avait pu vivre
long-temps éloigné de moi. Il avait quitté
Marseille aussitôt qu'il avait reçu de
mes nouvelles, et nous nous trouvions
réunis. L'amour n'avait point affaibli mon
amitié, et il partageait presque tous
mes instants auprès de madame de Mirville. Je m'informai de l'hôtel de mon
père; j'eus le hasard de l'y trouver, ce
qui me dispensa d'aller le voir à son
château. Il me reçut à-peu-près indiffé-

remment ; il ne pouvait, comme par le passé, s'occuper que de mon frère. On m'offrit néanmoins un appartement et la table. Je représentai que j'avais un ami dont il me serait pénible de me séparer. Je fus libre d'habiter ailleurs. Auguste sans voir lui-même, dans madame de Mirville, la plus belle des femmes, lui trouvait mille grâces, et un air attrayant pour tout le monde. C'était, selon lui, une de ces figures à inspirer de vives passions. Son âme lui paraissait aussi belle et aussi bonne qu'à moi. Si notre union avait quelque chose de répréhensible, elle n'était pas criminelle. Elle était basée sur un amour si ardent, et sur une délicatesse si profonde, qu'elle pouvait trouver grâce devant les consciences les plus rigides. Le sentiment de mon ami ajoutait encore à mes plaisirs..... Mais il n'est point de bonheur durable !

Nous étions un matin à déjeûner chez madame de Mirville, quand on lui annonça son cousin ; c'était le parent qu'elle attendait. Elle se leva précipitamment, courut à sa rencontre, et ils s'embrassèrent tous deux avec une tendresse qui me fit un mal affreux. Elle était troublée, un vif incarnat colorait ses joues, ses yeux ne voyaient que son cher Edmond, et ses mains allaient souvent presser les siennes.

C'était un homme de trente ans, brun, les traits un peu rudes ; mais d'une excessive honnêteté ; je sentis que ma maîtresse m'allait être ravie au moins pour quelque temps. J'eus occasion de l'entretenir particulièrement ; j'exprimai toutes mes inquiétudes ; je fus rassuré par les plus tendres protestations, et la peine s'évanouit comme un songe. Je tombai à ses genoux : je la suppliai, dans mon délire, d'éviter le voyage dans sa famille : elle me jura qu'elle ferait tout son possible ; qu'elle allait s'entendre avec Edmond pour rentrer en grâce auprès de ses parents, et solliciter sa séparation d'avec M. de Mirville ; que jusqu'à ce moment il lui répugnait de vivre par moi, puisque ses moyens ne lui permettaient plus de satisfaire à ses dépenses. J'étais amant, une nouvelle espérance brillait à mes yeux. Madame

de Mirville, devenir libre de sa personne, quelle perspective ! quelle
ivresse m'était réservée ! Je dis tout
ce qu'on peut imaginer en pareille cir-
constance. Ma bourse, ma vie lui ap-
partenaient; elle devait en disposer si
elle voulait me prouver sa tendresse :
en agir autrement, c'était me livrer à
des doutes cruels et au désespoir.
Pouvait-elle refuser les offres de celui
qu'elle aimait ?

Depuis l'arrivée du parent, nous
étions plus circonspects dans nos visites.
Edmond semblait mettre une barrière
entre nous, et chaque fois que j'allais
voir madame de Mirville, j'étais certain
de le rencontrer près de sa cousine : il
finit par me devenir insupportable. Je

crus aussi m'apercevoir que nous nous gênions tous les deux. Il fallait un terme à mon anxiété ; je devins enfin plus heureux que lui ; mais d'une manière bien cruelle.

Je montais chez madame de Mirville; Edmond en descendait. « C'est vous , M. de Villemont , me dit-il en riant, oserais-je solliciter de vous le plaisir d'un entretien particulier. — Je suis à vos ordres, Monsieur. — Eh bien ! puisque vous avez cette complaisance , nous allons, si vous le permettez , faire ensemble une promenade de quelques instants. »

Nous allâmes au Luxembourg, et quand nous fûmes seuls , dans une des allées les plus retirées : « Veuillez m'excuser, Monsieur, me dit Edmond; mais dans l'intérêt de l'un et de l'autre, je me vois forcé de vous demander quelles sont vos intentions sur madame de Mirville ? » J'allais répondre à un parent, je dus y mettre toute l'honnêteté et la circonspection possibles. « Mes visites chez cette dame ont toujours été la conséquence d'un sentiment qui ne peut en rien blesser la délicatesse. — Vous ne voulez pas répondre à ma question, ou vous ne m'entendez pas; mais vous allez bientôt me comprendre : sachez donc que je ne suis pas plus le cousin de la soi-disant dame de Mirville que vous; qu'elle n'a jamais été mariée; que j'ai été long-temps l'amant en titre de cette personne; qu'il y a deux mois de cette dame ; qu'elle me fut enlevée, et qu'à son tour elle fut délaissée à Marseille. C'est alors que vous la rencontrâtes, et que vous la tirâtes d'un bien mauvais pas. Ici, j'ai voulu reprendre mes anciens droits; mais comme on peut pencher entre vous et moi, qu'il n'est pas juste que pour une intrigante de braves gens compromettent leurs jours, il convient que nous forcions l'astucieuse Adèle Grainval (tel est son vrai nom) à s'expliquer, et que l'un de nous deux enfin cède la place à l'autre. »

A ce discours, je restai anéanti..... Devais-je croire à ce qu'on me disait?... J'étais sur le point de traiter Edmond de lâche, et de lui demander raison de son imposture.... Cependant, s'il n'est pas le cousin de cette Adèle, je suis donc le jouet d'une fable indigne ?

Il fallut enfin répondre ; je ne sus que dire à Edmond. Je lui assignai, pour le lendemain, un rendez-vous chez moi, et je lui promis de lui faire part de la résolution que je prendrais : il accepta, et nous nous séparâmes.

L'aveu d'Edmond avait excité mon mépris pour Adèle Grainval ; mais il était loin d'avoir éteint mon amour. Je venais d'être en proie au dépit et à la jalousie. Je venais de perdre mon admiration pour une femme que j'avais crue céleste ; mais je sentis qu'il lui succédait une passion encore plus violente. Je n'abandonnai pas l'idée qu'Adèle était douée d'une âme sensible ; je pensai

seulement qu'elle avait pu être momenta-
nément égarée. Cette indécision qu'elle
mettait dans son choix entre un amant
qu'elle avait autant favorisé qu'Edmond
et moi, qui ne lui avais apporté que
franchise et respect, plaidait en sa
faveur. Elle sentait donc le prix d'un
cœur pur et véritablement aimant..Adèle
n'était pas mariée !... Ah ! redoublons
de soins, d'attentions délicates, enchaî-
nons-la pour la vie. Non, son cœur ne
peut être d'accord avec sa conduite.
Un être aussi charmant ne peut désirer
qu'un lien qui lui ressemble. Et ses
douces caresses, ses protestations se
retraçaient à mon souvenir, et je pensais que si elle m'eût rencontré le premier, elle m'eût été inviolablement

tachée. Je devais donc gémir sur un destin qui l'avait égarée, mais non pas l'en punir : c'était ainsi que je flattais ma passion en retournant près d'Auguste.

Aussitôt que je fus près de mon ami, je lui racontai et ce qui venait de m'arriver, et mes projets pour l'avenir. Son étonnement l'empêcha long-temps de me répondre. Enfin, rompant le silence : « Tu m'étonnes beaucoup, me dit-il. Plus je réfléchis et plus je suis surpris du bandeau que nous avions sur les yeux. Quelle leçon ! Malheureux jeunes gens, à quoi ne vous expose pas votre inexpérience ! L'amitié et l'amour ont été aveuglés; c'est à cette même amitié

à te servir de guide. Mon cher de Villemont, au nom de Dieu, éloignons-
nous de ces lieux, ils nous deviendraient
trop funestes. Cette Adèle n'est qu'une
femme méprisable ; je t'afflige, mais c'est
la vérité : elle t'a fait sa dupe, et si tu con-
tinues tu seras de plus en plus en butte
à ses caprices, l'amour sera pour toi
le plus cruel des tyrans. Fuyons, encore
une fois, fuyons... »

Je ne pouvais douter de l'amitié
d'Auguste, mais il me fut impossible de
suivre ses conseils ; je formai mille
plans de conduite, cependant mon cœur
égaré m'entraîna vers celui qui pouvait
m'assurer la possession d'Adèle.

Je passai la nuit sans pouvoir goûter
aucun repos. Le lendemain, dès le

matin, malgré l'opposition bien for-
melle et les prières d'Auguste, je me
rendis chez ma trop séduisante maîtresse.
Plus j'approchais, et plus j'éprouvais
d'agitation. Je me sentis vingt fois défail-
lir; je m'arrêtai long-temps à sa porte
avant de pouvoir frapper: j'en eus enfin
le courage. On ne m'avait pas vu la
veille; on savait, par un domestique,
que j'étais sorti avec Edmond. On se
doutait qu'Edmond, dédaigné, n'avait
pu garder le silence. On s'attendait à me
perdre, ou à me voir revenir furieux.
Aussi on m'ouvrit d'un air tout contrit.
J'affectai une gaîté immodérée, je la
complimentai sur son étonnante adresse;
je l'étourdis; je ne lui donnai pas le
temps de se reconnaître, et déjà j'avais

tout osé ; il n'y avait qu'une passion aussi aveugle qui pût me faire franchir un pas aussi difficile. Revenu à moi-même, et avant de quitter Adèle, j'eus la présence d'esprit de mettre la dernière main à l'œuvre. Connaissant qu'elle était la femme dont j'étais épris, je convins de fournir à ses dépenses... Elle m'accabla des protestations de sa tendresse ; j'eus l'air d'en rire..., et pourtant elles me flattaient encore....! Amour que tu es aveugle !

Je rejoignis Auguste ; je l'embrassai mille fois, il n'eut plus la force de me blâmer. Edmond arriva à l'heure de notre dîner. Il accepta de le partager, et nous nous mîmes à table. Au dessert, l'objet de notre promenade, au Luxembourg, ayant été repris, je lui déclarai formellement que j'étais en titre auprès de *madame de Mirville !* Il changea de couleur. Perfide, dit-il, je m'en vengerai. — Je fis un geste très-formel de mécontentement : il se remit aussitôt.

« Excusez, reprit Edmond, l'amour me fait divaguer. Je vous avouerai que j'ai aimé cette femme à l'idolâtrie, et que si je n'avais la certitude qu'elle ne peut plus me souffrir, je ne consentirais pas facilement à la perdre ; mais je ne ferai jamais la sottise de me battre pour une femme qui ne voudra plus de moi, ce serait vouloir l'emporter sur la nature. Ainsi, je ne vous en veux ni à l'un ni à l'autre. Le seul dédommagement que je vous prie de m'accorder, c'est

de me permettre de vous voir quelquefois. Allons, à votre santé ! que
Bacchus remplace ma maîtresse. »

Nous n'avions rien à objecter à
Edmond. J'étais trop satisfait ; je tirais
une secrette vanité du triomphe que je
venais de remporter sur lui. Je savais
ce que c'était qu'adorer Adèle !

Nous répondîmes obligeamment à
ses avances d'amitié. Ce même soir il
nous quitta de bonne heure, et chaque
jour depuis nous étions certains de recevoir sa visite. Il s'introduisit dans notre
intimité ; il nous devint nécessaire.
C'était avec lui qu'Auguste passait toutes
les heures que je donnais ailleurs.

Auguste avait déjà murmuré contre notre inexpérience, nous ne continuïons pas

moins de marcher en imprudents. Nous nous préparions la plus cruelle des leçons ! Le misérable que nous avions accepté dans notre société n'était qu'un serpent qui devait nous dévorer le sein ! Repoussé de sa famille à cause de ses débauches en tous genres ; passionné pour le jeu et les femmes, il leur avait tout sacrifié. Perdu d'honneur, poursuivi par la police, il n'avait trouvé de ressource qu'en devenant un de ses sycophantes. La rage était dans son cœur, nous lui avions enlevé sa maîtresse ; il jura dès-lors de nous sacrifier.

N'ayant pu rompre ma liaison avec Adèle, Auguste avait espéré que mon amour s'éteindrait avec le temps ; mais il s'était trompé. Loin de diminuer, ma passion pour Adèle Grainval prenait chaque jour plus de force. Je cherchais tout ce qui pouvait captiver cette femme : j'en parlais souvent devant Edmond, que je croyais entièrement éloigné d'elle. Il me répondit une seule fois, et de l'air le plus indifférent, que pour être certain de la captiver entièrement, il ne fallait que faire beaucoup de dépenses. Cet avis me sembla un trait de lumière.

Auguste avait toujours géré nos fonds; je ne cessai d'y puiser, et je ne fus pas long-temps sans en trouver la fin. Mon ami m'avoua que nous ne possédions plus un sol; je m'en pris à moi seul. J'entrai dans le plus violent désespoir; je pensai tout-à-coup au parti qui devait me procurer des ressources. J'allai chez M. de Suffren, il était alors à Paris; j'en obtins les plus vives recommandations. De fortes sommes m'étaient encore dues. Je cours; je sollicite; je presse, et j'ai la certitude que sous peu je recevrai l'or dont j'ai tant de besoin.

Je suis tranquille; je retourne le front serein vers mon ami; mais je ne lui fais part de rien; je veux lui ménager une surprise. Auguste, pendant mon absence, était aussi sorti : je le retrouvai pâle et désespéré. Je cherchai à le calmer; je crus y avoir réussi. Auguste souriait; mais hélas! c'était un rire forcé.

Edmond vint nous voir : je le tirai à

l'écart. Je lui racontai franchement mes ressources, et je le priai de trouver secrètement, pour quelques jours, une centaine de louis : il m'assura qu'il était trop heureux de pouvoir m'être agréable en quelque chose, et il me les promit pour le lendemain. Cette obligeance me rendit tout-à-fait à la gaîté.

Le lendemain je reçus deux cents louis au lieu de cent que j'avais demandés. Je crus qu'en les remettant à Auguste, je le verrais reprendre sa sérénité. Je fus trompé. Pour cette fois, je conçus de vraies inquiétudes, je le suppliai de m'avouer le motif de ses soucis. Je l'assurai que l'argent ne nous manquerait pas ; il m'allégua pour toute réponse qu'il était indisposé.

Pendant huit jours je le vis pâlir et maigrir, sans pouvoir obtenir aucun aveu. Il voulait sourire, et les larmes le suffoquaient. Je crus enfin en avoir deviné la cause, seulement je le trouvais plus discret que moi. Ah! je le vois, lui dis-je, Auguste aime. Un signe affirmatif fut sa réponse. Je souffrais pour lui, je le plaignais; mais je revolai près d'Adèle.

Un soir, je trouve en rentrant un billet de mon ami : il était à peine lisible, tant il avait été écrit d'une main agitée. Auguste m'annonçait qu'il partait pour la campagne, pendant un jour ou deux. Il avait été forcé d'emporter quelques louis qui nous restaient, il devait les remettre à son retour. Je fus atterré d'un départ aussi brusque ; mais je pensai à ce que l'amour m'avait fait faire, à ce qu'il pouvait encore me faire entreprendre, et je ne doutai plus que mon ami ne fût engagé dans une aventure toute galante.

Cependant son absence continuait, je n'entendais plus parler de lui, je finis par être dans une anxiété mortelle. D'un autre côté, je n'étais pas plus tranquille. Mes dépenses augmentaient de jour en jour pour ma maîtresse ; je me couvrais de dettes, et je ne pouvais rien toucher du gouvernement. J'eus encore recours à Edmond ; mais il me déclara cette fois qu'il lui était impossible de me rien procurer , qu'au contraire il lui serait nécessaire pour le moment de recouvrer ce qu'il m'avait prêté.

J'étais un matin dans ma chambre , abîmé dans les réflexions les plus déso-lantes. Un domestique m'apporta deux lettres ; c'est l'écriture d'Auguste, le timbre est de Paris; il est près de moi. Je romps précipitamment le cachet.

« MON UNIQUE AMI,

» Méfie-toi de l'infâme Edmond : c'est le
» dernier avis que peut te donner

» Ton infortuné

» AUGUSTE. »

Grand Dieu ! qu'est-il arrivé ? Dans quel embûche Auguste est-il tombé ? J'ouvre l'autre lettre : j'espère y décou-

vrir plus de lumières ; c'était un nouvel
à-compte sur mes parts de prises. Ah !
cela ne me rend pas mon ami. Que faire ?
Où trouver Edmond ? – Edmond se
présente en ce moment. « Scélérat ! où
est Auguste, qu'en as-tu fait ? » Et je le
tenais à la gorge ; je l'eusse étouffé si
l'on n'était venu le dégager de mes
mains.

A mes cris, on était accouru de tous
les points de l'hôtel. Edmond était d'une
pâleur horrible : « Je vous prends tous
à témoin de la manière dont Monsieur
reçoit ses créanciers. – Quoi ! tu oses,
infâme ! – Je le vois, je suis infâme,
parce que je vous somme de me rendre
enfin les deux cents louis que vous me
devez. – Misérable ! dans deux heures

tu auras ton argent ; mais tu me rendras Auguste, ou tu le paieras de ta vie. »

Lorsqu'Edmond fut sorti, chacun se retira, pensant diversement sur ce qu'il avait vu ; mais me donnant tort. J'étais débiteur, je n'avais pu le nier ; je n'avais répondu que par des injures et des larmes de douleur et de rage ; j'aurais dû, selon les spectateurs, avoir plus de reconnaissance envers un homme qui m'avait obligé : c'est ce que j'appris par mon hôtesse, qui vint dans ces sentiments m'apporter son compte, et me prier de le solder. Cette action acheva de m'exaspérer, et j'allais la maltraiter elle-même, si dans mon indignation, je ne lui eusse jeté à la tête ma lettre de crédit. A la vue d'une semblable res-

source elle resta quelques instants inter-
dite, me regarda avec une espèce d'étonnement. « Pauvre jeune homme, me
dit-elle, j'ai mal jugé de vous ! »

« Ah, Madame, au nom de Dieu !
aidez-moi à démasquer le plus abomi-
nable des hommes. Tenez, lisez la lettre
de mon ami, hâtons-nous de venir à
son secours. »

C'est alors qu'elle se repentit d'avoir
laissé échapper Edmond. Il n'était plus
temps. Son zèle à m'être utile fut dès
cet instant infatigable. La bonté, la
douceur d'Auguste avaient captivé son
affection. Et qui eût pu voir ses traits em-
preints de la plus noble franchise sans se
trouver porté à l'aimer ? Il fallait l'âme

la plus vile pour chercher à lui causer le moindre déplaisir.

Nous concertâmes les moyens d'avoir des nouvelles de mon ami. Il était impossible qu'il ne fût pas tombé dans quelque piége ; c'était à la police qu'on pourrait en avoir des nouvelles certaines. Mon hôtesse avait un parent employé dans les bureaux de ce ministère : elle se chargea d'aller de ce côté aux informations, tandis que du mien j'irais toucher de l'or, dont nous pourrions avoir grand besoin.

Je monte en voiture : je me fais conduire chez le payeur ; je montre ma lettre, et je reçois trente mille fr. ; je prends cette somme avec avidité. Puisse-t-elle servir à retrouver mon cher

Auguste! Je calculais en route tous les moyens que j'emploierais pour sauver mon ami, s'il était compromis. Le crédit de mes connaissances, celui de ma famille, l'amitié de M. de Suffren, tout me paraissait devoir suffire.

J'étais absorbé dans ces pensées, quand je sentis ma voiture s'arrêter. «Malheureux, m'écriai-je au cocher, que fais-tu? Pourquoi t'arrêter? Je n'ai pas une minute à perdre. — Monsieur, me répond-il, il faut attendre, c'est un homme qu'on conduit au supplice. »

Effectivement, la foule se précipitait de tous les côtés, près de la Grève. Je mets, dans mon impatience, la tête à la portière; des gardes défilaient. Un malheureux est accompagné par un prêtre ; il est à moitié nud. Quelle pâleur affreuse!... Grands Dieux ! me tromperais-je ? Ses traits me sont connus ; ils déchirent mon cœur ! Auguste ! c'est lui ! Ses regards ont rencontré les miens!... Je voulais crier, m'élancer vers lui, la voix me manque, un nuage obscurcit mes yeux. Je perdis connaissance. La vie sembla m'abandonner : et pourquoi ne s'est-elle pas envolée pour jamais ? Je n'aurais pas à me rappeler le plus terrible des spectacles. Pourquoi la providence me réservait-elle pour épuiser le calice de l'infortune ?

Je fus plusieurs heures sans mouvement. Quand je commençai à reprendre mes sens, je fus étonné de me voir dans ma chambre, entouré des domestiques de l'hôtel, et soigné avec empressement par un médecin. Je ne pouvais parvenir à débrouiller le cahos de mes idées.

Enfin, me trouvant seul avec la maîtresse de la maison. « Pourquoi, lui demandai-je, suis-je dans ma chambre, sur mon lit ? Je ne me crois pas malade.— On vous dira cela plus tard. Prenez du repos. — Mais qu'avez-vous ? Vous pleurez; vous ne pouvez me répondre... —Dieux!... Auguste!... où est sa lettre... où est-il lui-même ?...

Et dans ce moment ma mémoire me retraça ma funeste rencontre ; j'en frémis ; mes cheveux se dressèrent d'horreur ; mon sang s'arrêta dans mes veines ; mes regards devinrent d'une immobilité effrayante. Je voyais les derniers moments de mon ami ; je voyais sa tête rouler sur l'échafaud. Je ne sortis de cet état que pour entrer dans le plus violent désespoir. Je remplissais la maison de mes cris ; je manquai mille fois de me détruire. Je me roulais, mes membres se tordaient ; j'invoquais la mort, et la mort était sourde à mes prières !

Je passai bien des jours et des nuits dans cette affreuse situation. J'avais oublié l'univers entier : tout sentiment s'était anéanti, j'étais suffoqué. Les larmes vinrent à mon secours, j'en répandis avec abondance et de bien amères.

J'avais refusé de voir personne. Mon frère qui avait appris mon accident était venu s'informer chaque jour de mes nouvelles, et avait témoigné sur mon compte de vives inquiétudes. Adèle avait aussi envoyé, et m'avait écrit plusieurs billets que j'avais dédaigné de lire : je l'accusais de mon malheur. Cependant, soit que mon égarement fût moins violent, soit l'effet du temps, soit que la nature reprît ses droits, soit enfin que ma maîtresse mît mon hôtesse dans ses intérêts, je finis par écouter les conseils de cette dernière, et je lus les écrits d'Adèle.

Elle me marquait la plus tendre sollicitude : elle me conjurait de venir confondre mes larmes avec les siennes; elle ajoutait qu'elle ressentait tous les chagrins de l'amitié; que la mort était préférable à mon absence, et que si je voulais fuir le monde, je lui permisse au moins de partager ma solitude.

Ces lettres m'arrachèrent à ma stupeur; je les couvris de larmes et de baisers, et je regardai comme injuste ma conduite envers elle.

Lorsque j'en eus la force, je retournai à ses côtés. Son affliction sembla égaler la mienne : elle employa tout ce que la plus sensible amitié peut inspirer pour soulager ma pénible situation... Je recouvrai du calme... J'acquis pour elle un degré de tendresse de plus; mais mes jours étaient flétris !

Je passais la plus grande partie de mon temps avec elle ; je ne m'en séparais que pour aller à l'hôtel de M. de Villemont. Mon frère m'avait reçu

dé manière à me faire croire que je ne
lui étais pas indifférent. Jusqu'alors entraîné par d'autres penchants, j'avais
peu fait attention aux marques de son
amitié. Les douceurs que j'y trouvais dès-lors, ses avances réitérées,
ses offres pleines de cordialité, m'a-
vaient décidé à accepter la proposition que mon père me fit de venir
habiter près d'eux : sans jamais avoir
eu beaucoup de tendresse pour moi,
il ne fut pas fâché de voir ses deux
fils réunis.

Ces arrangements me convenaient
d'autant plus qu'ils allaient me mettre
à même de faire plus de dépenses pour
une femme que ses procédés me rendaient de jour en jour plus chère.

Lorsque le temps eût fait succéder au désespoir une mélancolie supportable ; lorsque je m'en sentis la force, je voulus aller moi-même à mon ancien hôtel , et avoir tous les renseignements qu'on avait pu se procurer sur le terrible événement dont Auguste avait été la victime : en y entrant , mon cœur fut de nouveau cruellement froissé. Quand j'eus recouvré mes sens, j'appris que pendant mon absence, un fondé de pouvoirs était venu pour toucher la créance d'Edmond. Le scélérat n'aurait pas osé se présenter lui-même : je déposai chez mon hôtesse ce que je devais à ce monstre, et je la priai de satisfaire ma triste curiosité.

Edmond furieux de se voir enlever

Adèle, ne respirait que vengeance. Jeunes comme nous étions, il espéra nous lancer dans d'excessives dépenses, et par-là nous amener à son but infernal. L'amour me fit moi-même marcher au-delà de ses vœux ; mais il avait beau, sous prétexte de lui faire tout connaître, mener Auguste dans les lieux les plus propres à étourdir une âme encore neuve, il ne fallut rien moins que mon propre malheur pour lui faire faire un premier pas.

J'avais besoin d'argent, il nous en restait peu. Nous avions des dettes, et l'on pressait déjà Auguste de les acquitter : c'est dans cette situation que, le voyant tourmenté par la crainte de l'avenir, Edmond le fait entrer dans une maison de jeu, où des monceaux d'or couvrent les tapis. Edmond sut lire dans les regards de mon ami ses avides désirs, et son cœur tressaillit d'une barbare joie : le premier il jette quelques pièces d'or, bientôt elles sont doublées. Auguste est troublé, il désire, il espère le même bonheur : il emprunte ; Edmond lui offre sa bourse à discrétion, et le malheureux ne cesse d'y puiser que lorsqu'il doit cent cinquante louis... — Quand et comment les rendre ?

Depuis cet instant, il ne cessa d'être plongé dans une noire rêverie. Il alla dans les bureaux du ministère de la marine ; mais comme Auguste est sans protections, il fut renvoyé assez rudement à un temps reculé.

Lorsque le destin a résolu notre perte, il nous est impossible de l'éviter. J'ai voulu surprendre agréablement mon ami, et la fatalité veut que je lui fasse un mystère de mes espérances : il me crut plongé dans le même précipice que lui. Edmond qui sait que je dois toucher une forte somme, redoute que je ne parle, que je ne lui enlève sa proie ; il se hâte de la pousser à sa perte.

C'est avec une figure morne et silencieuse qu'il l'aborde : Auguste s'inquiète de sa santé. « Je me porterais bien, dit-il, si j'avais de l'argent. —Quelle position ! — Oui, car j'ai des dettes sacrées à remplir. — Mais ne vous est-il pas possible d'obtenir quelques délais ?

—Poursuivi pour une lettre de change,

depuis long-temps échue, j'en ai prêté le montant à vous et à votre ami ; c'est sur vous deux que je compte, pour ne point être traîné en prison. — Comment faire ? — Ah, reprit Edmond, faut-il me voir forcé de tourmenter mes meilleurs amis ? Si je rencontrais l'usurier qui me poursuit sans relâche !... Mais il me vient une idée, Auguste ; si vous étiez homme à me seconder ? — Eh bien ! — Eh bien... la nuit nous irions enlever le fatal écrit qui cause tant de soucis.

A cette proposition, Auguste, saisi d'horreur, recula quelques pas. « Ce serait un vol. — Moi, un voleur, dit Edmond ; non, non. Vous ne m'entendez pas Auguste. Nous retirerions un écrit qui m'éviterait ce que je crains plus que la mort : le déshonneur. Nous payerions aussitôt qu'un de nous s'en trouverait à même, et j'espère que ce ne serait pas long. — N'importe, je ne puis me faire à cette idée. — Eh bien, laissez-moi flétrir publiquement, perdez-moi aux yeux de ma famille, perdez mon avenir, et quand vous m'aurez mis dans cet état déplorable ; vous pourrez dire : c'est ma faute. Mais M. de Villemont me comprendra mieux que vous, je vais... »

«Arrêtez, s'écria Auguste effrayé, au nom du ciel, ne dites rien, cachez tout à mon ami, j'accède plutôt à tout. Que faut-il faire ? — Eh bien Auguste, ce soir, à dix heures, à la barrière d'Enfer. — J'y serai. — Votre parole. — Je vous la donne, » et ils se quittent.

J'étais chez Adèle, quand Auguste revint à l'hôtel. Ses réflexions lui firent sentir toute l'horreur de sa position ; mais comment s'en tirer ? Ses regards tombèrent sur l'argent qui nous restait : l'espoir l'aveugle de nouveau ; la fortune lui avait toujours été contraire ; elle attendait peut-être cette extrémité pour le favoriser. Il s'empara du reste de nos fonds, et sortit de notre appartement, hélas, pour n'y jamais rentrer !

Il s'avance vers la maison qui lui a déjà été si funeste ! Il gagnera, il ira rejoindre Edmond ; il acquittera sa dette, et ils se sauveront tous les deux de l'infâmie. Vain espoir !... La chance parut le favoriser quelque temps ; mais il vit tout rentrer dans les avides mains des banquiers. Maisons odieuses, maisons exécrables ! Quand donc détruira-t-on de fond en comble ces repaires, la honte d'une nation qu'on dit si généreuse ? Quand donc l'intérêt général l'emportera-t-il sur l'insensible avarice de quelques hommes démoralisés ?

L'heure du rendez-vous approchait ; Auguste est dévoré d'une fièvre brûlante, sa tête s'exalte, son sang bouillonne dans ses veines. Peut-être est-il irrité contre l'usurier qu'il suppose la cause de tant de peines ? C'est dans ce moment qu'il m'écrit son premier billet.

Il arrive à la barrière d'Enfer : Edmond l'attend, une chaise de poste les reçoit : ils ont franchi plus de trois lieues ; ils sont à la porte d'une ferme. Auguste, égaré, a dans les mains deux pistolets que son compagnon lui a présentés ; ils franchissent une barrière, traversent une cour, arrivent au pied d'une maison, « c'est ici dit Edmond ; voilà une échelle ; vous tremblez Auguste, faut-il vous répéter... ? »

L'échelle est appuyée, Auguste monte ; Edmond le suit. Une fenêtre est forcée. En ce moment du bruit se fait entendre, une porte s'ouvre ; des flambeaux éclairent la scène, ce sont des Gendarmes ! Le monstre lève le masque, Edmond parle au nom des lois, et somme mon malheureux ami de se rendre. L'infortuné reconnaît le piége : sa fureur est à son comble; il décharge sur Edmond ses pistolets, et il a encore la douleur de ne pas l'atteindre. Il est bientôt saisi, lié et conduit à Paris, dans d'infectes cachots.

Je n'entrerai point dans les détails de sa procédure, tout déposait contre lui; il fut condamné à perdre la vie ! Modèle de l'amitié, il n'eut qu'une crainte : que je ne fusse aussi victime de la scélératesse d'Edmond; il desirait, pour ma tranquillité, que j'ignorasse toujours sa destinée; aussi dans le peu de lignes qu'il put me faire parvenir, ne fit-il que me prémunir contre son assassin, et garder à mes yeux, sur ce qui le concernait, un trop cruel silence ?

Eh bien, hommes d'état, voilà les fruits de votre haute sagesse! Voilà les résultats du jeu, et des œuvres de vos subordonnés. Ministres d'un Roi équitable, d'un Roi bon et généreux; voilà comme vous répondez à ses intentions et à sa confiance. Vous voulez des mœurs, et ce sont les rebuts de la société qu'il vous faut pour valets. Courtisans déhontés, vous voulez le triomphe de la vertu, et vous soudoyez de vils instigateurs pour corrompre l'honnête homme, et exciter ses passions. Hélas! notre pauvre humanité n'a-t-elle donc pas déjà assez de faiblesses ? Vous voulez des mœurs, et vous lancez dans le sein de la société vos serpents épouvantables, pour tenter la faiblesse et jeter la honte et la désolation dans les familles. Jouissez des fruits de leurs perfides insinuations; vous flattez leur cupidité, ils assouvissent leurs vindictes particulières; sous votre égide, ils osent tout entreprendre, car tout leur est permis. Jouissez de mes larmes, ils m'ont privé de mon ami; vous avez accablé une famille sans tache de regrets et d'infâmie : le sang de leur fils est un poids insupportable à leur existence!

L'hiver le plus rigoureux venait de s'écouler; on commençait à sentir les premiers effets du printemps : mon père parla de se retirer à la campagne, je n'en fus nullement contrarié. Ou je trouverais des prétextes pour rester à Paris; ou, confiant dans l'attachement de la femme que j'idolâtrais, j'espérais qu'elle viendrait habiter quelque lieu voisin du château. Alors je me rappelai notre séjour dans les environs de Montargis : loin du tumulte de la capitale, de ses rues encombrées, de ses promenades bruyantes, que je me promettais de plaisirs dans le paisible asile des champs ! Là, seul avec mon amie, au triste souvenir d'Auguste, nous mêlerions nos larmes ; mais aussi l'amour par ses douces étreintes, par ses aimables expansions, offrirait à mon existence de nouveaux charmes !...

Mes espérances furent encore déçues ; quoique abreuvé d'amertume, mon cœur se voit encore forcé à bénir les décrets de la providence. Tout être qui s'écarte de

la ligne que le doigt de l'Eternel a lui-
même tracée dans notre conscience,
ne rencontre qu'opprobre et malheur ;
une fausse démarche, un seul instant
d'abandon sont souvent la cause des plus
grandes infortunes. Je m'aveugle, je
deviens l'esclave d'une passion illi-
cite, et je perds tout; je précipite mon
ami dans le crime ; je lui ouvre avec
horreur la nuit des tombeaux , et je
me suis préparé à moi-même des jours
encore plus affreux que la mort !

Soit que la mélancolie m'eût rendu
tout autre, soit que l'inconstance fût
l'élément d'Adèle Grainval, je m'aperçus que mes visites ne lui causaient
plus le même plaisir. Ma vue sembla
bientôt la gêner. Elle devint triste ,

distraite , et souvent impatientée ;
elle était susceptible , et paraissait à
chaque instant disposée à provoquer une
scène désagréable. Si le cœur d'un
homme bien épris s'alarme de peu de
choses, combien ne dus-je pas souffrir quand je pus prévoir son ingrati-
tude !

Je me présentai plusieurs fois chez
elle sans qu'elle y fût ! Mes inquiétudes redoublèrent; je multipliai mes
démarches, et j'obtins enfin de la voir.
Je l'accablai des plus tendres reproches :
elle me répondit très-froidement. Je
n'avais plus mon ami, je manquais d'un
guide clairvoyant, j'étais livré entièrement à moi seul, et je ne suivis plus
que l'impulsion de ma tête.

La froideur de ma maîtresse m'exas-
péra. J'éclatai, je lui adressai toutes
les expressions de l'indignation; elle
semblait sourire de pitié, je fis quelques
pas pour me retirer. On me laissait sortir;
mon cœur était brisé. Comment quitter
ce que j'adorais encore; je n'en avais
pas la force : de l'indignation je passai
à la plus honteuse faiblesse. Je me jetai
aux pieds d'Adèle : je la conjurai de
me pardonner si j'avais pu la blesser en
quelque chose ; je la suppliai de me
continuer un amour d'où dépendait ma
vie. Elle fut comme le marbre ; elle
me dit fermement qu'elle ne voulait
plus supporter les éclats indécents aux—
quels je venais de me livrer; que d'ailleurs il était temps qu'elle songeât à sa

réputation, à qui j'avais déjà porté trop d'atteintes..... Sa réputation ! »

Je rentrai désespéré à l'hôtel de mon père ; je m'enfermai dans ma chambre ; je gémis, je pleurai : en vain mon frère vint me solliciter de descendre. Pendant plusieurs jours, je ne pus ni boire ni manger, ni goûter aucun repos. L'image de la perfide ne me quittait pas un seul instant. Elle me paraissait encore plus séduisante : mon imagination s'égarait dans les souvenirs des plaisirs passés, et, lorsque je pensais qu'il fallait y renoncer pour toujours, la douleur m'oppressait tellement, que j'eusse succombé si mes larmes n'avaient coulé avec abondance.

Je ne résistai pas plus long-temps ; il

me fallut revoir Adèle : je n'avais pas été positivement congédié ; j'avais peut-être mal interprété ses paroles ; je m'é-tais trop emporté. Comment! ce souvenir d'un amour aussi tendre de plaisirs aussi bien partagés aurait-il pu s'anéantir en un seul instant? C'est avec ces raison-nements que je ranimai mon espoir, et que je volai vers sa demeure. Un bril-lant équipage était à sa porte, j'y vis monter un jeune élégant qu'elle saluait de son balcon. A ce spectacle, je fus anéanti; mes jambes avaient peine à me supporter. Je voulus prendre cependant de l'assurance ; je m'approchai d'un domestique, et affectant l'air le plus indifférent, je lui demandai si c'était un nouvel amant : « mais, Monsieur, je le crois , me répondit-il. »

J'ai peine à me rappeler ce que je fis tant ma tête était égarée. Je montai l'escalier ; je tombai de nouveau aux pieds d'Adèle Grainval ; je passais de la colère à l'humiliation. J'embrassais ses genoux, je les arrosais de mes larmes ; serments, prières, promesses, j'employai tout. Oh ! passions, terribles passions ! Je descendis jusqu'à la bassesse... je crois que j'allai jusqu'à lui offrir d'unir son sort au mien, par les liens de l'hymen. Grand Dieu ! jusqu'à quel excès d'avilissement ai-je pu m'abaisser. Eh bien, je n'obtins rien, rien que la plus froide insensibilité.

Je venais de tout perdre. Plus d'Auguste, plus d'amie. Je voyais la mort comme le seul terme à mes maux ; mais je devais encore supporter le pénible poids de mon existence. Mon frère, effrayé de mon égarement, ne cessait d'épier toutes mes démarches : lorsque je sortis de chez ma coupable maîtresse , il me suivait presque pas à pas, et ce fut lui qui m'arrêta au moment où j'allais terminer mes jours.

Il ne fit point connaître mes chagrins à mon père : il mit en usage tout ce qu'il crut capable de les alléger par lui-même. Il pressa notre départ, il regardait l'éloignement comme un des plus sûrs moyens à employer. Je ne cessai de l'entretenir de mes pertes irréparables; il m'écoutait constamment avec le plus vif intérêt; il sut stimuler mon amour-propre; il me fit rougir de m'être autant abaissé près d'une femme astucieuse. La crainte de retomber dans de pareilles folies me força, quoiqu'en soupirant, à souscrire à notre départ; et un mois était à peine écoulé, que j'étais dans le château qui m'avait vu naître.

J'avais éprouvé dans la Capitale de si délicieuses sensations en amour et en amitié, que la campagne ne m'offrit plus aucuns attraits. Le calme des champs, le silence des forêts, les sites les plus pittoresques; tout ce qui peut contribuer aux plaisirs de l'ami de la nature, me parut insipide; l'ennui me domina.

Je faisais de la peine à mon frère ; je voulus me vaincre ; je voulus feindre le calme : pendant plusieurs mois mes efforts furent inouis; de trop chères et de trop cruelles images ne cessaient de me poursuivre.

Je ne résistai pas long-temps à un état aussi violent. Je finis par succomber, et je fis une maladie qui me conduisit jusqu'aux portes du tombeau : elle fut aussi longue que dangereuse. On n'épargna rien pour me sauver, et je dus mon entrée en convalescence à la tendresse de mon frère, et au zèle des domestiques du château.

J'avais quitté fort jeune le toît de mes pères, et pendant mon absence tout avait bien changé. Le concierge que

j'avais vu dans toute la force de l'âge,
commençait à vieillir : une fille qu'il
avait au berceau, était alors de l'âge
des amours; c'était ma principale garde.
Entièrement absorbé par mes chagrins,
j'avais jusques-là peu fait attention à
elle ; il me fallut enfin porter mes regards
vers l'ange que le ciel semblait avoir
mis à mes côtés. Les breuvages qui
m'étaient ordonnés, les premiers ali-
ments qui me furent permis, je les rece-
vais tous de sa main : elle était infatigable, et les premiers pas que je fis, ce
fut soutenu par elle et par mon frère.

Quels soins délicats ! quelle sollicitude touchante ! quelles aimables paroles ! A chaque faiblesse que j'éprouvais,
elle frissonnait, et je sentais son cœur

battre avec violence. Aimable enfant,
pensai-je, heureux celui qui te capti-
vera ! Simple et naïve dans tes mœurs,
tu ignores l'art de feindre. Tes faveurs
ne seront point le partage du plus riche.
Alors, Adèle se représentait à ma pensée, belle de mille nouveaux charmes
que l'éloignement et sa perfidie sem-
blaient encore me faire découvrir. Je
retombais dans mes rêveries. Le
désespoir se peignait sur mes traits; mon
jeune guide s'apercevait de mon altéra-
tion. Ses beaux yeux se fixaient avec
attendrissement sur les miens, et parais-
saient me supplier de me calmer.

Plusieurs années s'écoulèrent avant
que je pusse retrouver la tranquillité de
l'âme, et encore il ne se passait point

un seul jour sans que je jettasse un regard en arrière, sans que je gémisse de mes infortunes, et sans que je regrettasse mes plaisirs passés. Je n'aurais pas voulu accompagner mon frère dans Paris; je sentais qu'une rencontre aurait pu me redevenir funeste; je me méfiais de moi. Je me trouvais même encore trop près du théâtre de mes pertes et de mes félicités; j'attendais avec impatience qu'on recommençât la guerre. Je voulais au sein des mers et des combats trouver l'oubli d'un passé bien cruel, et l'espérance d'un autre avenir.

Tandis que j'étais dans cette attente pénible, le temps continuait sa marche irrésistible. La fille du concierge, la jolie Susanne, acquérait tout l'éclat

de la beauté : elle venait d'atteindre dix-
neuf ans, ses formes étaient dévelop-
pées : c'était une femme céleste. Plusieurs partis s'étaient déjà présentés sans
qu'elle eût voulu en accepter un seul :
elle en était en vain sollicitée par ses
amis et sa famille. On ne pouvait conce-
voir cette répugnance à se marier, et
surtout dans un âge où toutes les demoi-
selles sont portées à ce lien. Etait-ce
fierté ? Elle était modeste, douce et
timide. Son cœur était peut-être pris.
Mais elle avait été demandée par tous
les jeunes villageois de sa connaissance.

On chercha, on s'intrigua, et mon
frère m'apprit que les soupçons étaient
tombés sur moi. « Sur moi, répétai-je ?
Et quel mal y aurait-il à cela ? Rien

n'est beau, rien n'est aimable, rien n'est séduisant comme cette jeune personne, et je me mettrais volontiers sur les rangs, si je ne m'étais aperçu moi-même de l'impression que tu as faite. —Tu te trompes, mon frère. —Non, vraiment. Chaque fois qu'on te voit, on rougit. On parle de toi avec vivacité, avec enthousiasme. On refuse de se marier, et sans le vouloir, on lève sur toi des yeux qui enflammeraient une pierre. — Je n'ai rien vu de tout cela.

J'avais cru remarquer tout ce que me disait mon frère ; mais je n'en étais pas persuadé, je craignais de me tromper. Ce que je venais d'entendre me convainquit que j'avais ému le cœur de la jeune Suzanne. Si je pouvais aimer cette charmante femme, pensai-je. Si tant d'appas, tant de grâces, tant de vertus venaient à prendre la place de l'objet indigne qui m'a jusqu'alors captivé. Ah ! je sens que la nature se décorerait encore pour moi de son prisme enchanteur ! Ah ! j'existerais encore avec ivresse ! Suzanne, Suzanne, puisse-tu t'emparer de toutes mes affections ! Je me répétai ces mots, et je pris la ferme résolution de cultiver cette plante dont je pouvais espérer des fruits plus heureux.

Je sus dans mes visites apporter toute la prudence possible. La réputation d'une femme honnête, est une fleur bien facile à flétrir : elle doit être sous la protection de l'homme d'honneur. C'était chez ses parents que j'allais chaque jour passer une heure auprès de Suzanne, et au moment où j'étais certain d'y rencontrer plusieurs personnes.

Que de qualités je découvris dans cette âme toute divine ! De l'esprit naturel, un jugement solide, une douceur inaltérable, une constante amabilité, une sensibilité profonde, et la mère des malheureux.

Je n'éprouvai pour elle rien de semblable à ce que m'avait inspiré Adèle : j'étais encore jeune; les formes, la beauté de Suzanne me firent impression; le sentiment de ses vertus excitait mon admiration. Aussi, me disais-je, je n'aimerai jamais comme j'ai aimé Adèle ; mais si jamais je me marie, ni le rang, ni la fortune ne m'empêcheront d'unir ma des-

tinée à celle de l'intéressante Suzanne.
Elle seule peut me faire oublier une passion malheureuse; elle seule peut me
rappeler au bonheur.

Suzanne était ravie de mes soins,
mes assiduités firent penser à tout le
monde que j'en étais vivement épris.
Mon frère était enchanté de cette liaison:
il espérait que la petite serait bientôt ma
maîtresse.

Ma maîtresse !... ainsi raisonnaient
autrefois les gens d'un certain monde,
et n'est-ce pas encore ainsi que raison-
nent la plupart des hommes dans toutes
les classes de la société ? Un négociant
ne courtisera une fille de marchand, un
marchand une simple ouvrière, que pour
les déshonorer. Rien ne coûte ; argent,

promesses, serments, tout est prodigué. On parvient à son but : on livre toute une famille à la désolation; et tel homme qui déférerait à la justice humaine celui qui lui détournerait quelques parcelles de son or, ravit impunément le bonheur et l'espérance à une infortunée qui n'aurait jamais dû l'écouter. Malheureux, s'écriera le père de famille outragé, ai-je touché à tes biens? Tu viens m'enlever ce que j'ai de plus précieux : mon épouse, mes enfants, ce sont là mes trésors !

Je connaissais mon ascendant sur le cœur de Suzanne. J'aurais pu l'égarer ; j'aurais pu abuser l'innocence ; mais je n'en eus jamais la pensée. J'avais sur elle de plus en plus des vues honorables. J'avais été néanmoins tellement trompé par Adèle; je lui avais prêté tant de vertus, dont elle n'avait que le masque, que je craignais par fois que Suzanne n'aimât en moi que le fils de son maître, ou le nom seul de Villemont. Mais je n'étais point aveugle pour elle; et son air plein de candeur suffi-sait pour détruire mes craintes. Des événements politiques achevèrent de me pénétrer de toute l'étendue de son attachement.

Chacun bénissait la bonté du Roi. La féodalité frémit de voir rompre les liens qui la rendaient insupportable au peuple, et formidable au trône. Des brigands sont soudoyés; ils font retentir le mot liberté! ils nous préparent des fers, et ils égorgent les vrais amis de la patrie.

Le Roi est en danger, les provinces s'insurgent, les châteaux sont assaillis. Mon père et mon frère volent à la défense du Monarque : ils me laissent la garde des propriétés. Hélas ! je ne suis pas long-temps sans être accablé par de nouveaux sujets de deuil ! Mes parents sont victimes de leur zèle : leurs têtes furent les premières frappées par l'anarchie.

Nos biens sont déclarés nationaux, et moi je suis mis hors la loi. Une troupe d'effrénés vint pour se saisir de ma personne. Suzanne agitée d'une inquiétude mortelle, ne cessait de s'informer de ce qui se passait : elle veillait à tous moments sur mes destinées ; elle vit le danger dont j'étais menacé : elle accourut hors d'haleine. « Ah ! M. de Villemont, s'écria-t-elle, vous n'avez pas une minute à perdre ! Sauvez-vous, on en veut à vos jours ! »

Je voulus faire quelques objections. « Sauvez-vous, répéta-t-elle, en se jettant à genoux ! au nom de Dieu ! sauvez-vous ! »

Sa voix était déchirante ; je me laissai conduire par elle jusqu'à une petite porte du parc, dont elle avait pris la clef. Avant de m'en séparer, le cœur ému de reconnaissance, je la pris dans mes bras. Puisse Dieu, lui dis-je, me conserver pour reconnaître tant de bontés ! Pour la première fois mes lèvres osèrent se fixer sur les siennes.

Je marchai à pas précipités, me re-tournant souvent, jusqu'à ce que je l'eusse perdue de vue.

Je m'enfonçai au milieu des bois; je me réfugiai dans une cabane, habitée par l'oncle de Suzanne, qui, sur la simple recommandation de sa nièce, exerça envers moi, dans ce moment, les devoirs de la plus touchante hospi-talité.

Je restai plusieurs jours chez ce brave homme; je l'entretenais souvent de Suzanne : il ne tarissait pas sur ses éloges, il lui devait l'existence; c'était elle qui le soutenait dans ses vieux ans.

Aussitôt qu'elle crût pouvoir s'absenter, sans éveiller les soupçons, elle vint nous rejoindre : elle nous apprit que le château avait été pillé, et en grande partie la proie des flammes : elle m'apportait environ cent louis qu'elle avait pu sauver du pillage. Je ne pouvais demeurer là plus long-temps sans me compromettre : elle avait tout prévu. Je fus muni d'un passeport, c'était mon signalement ; mais sous un autre nom. « Allez, me dit-elle en me le remettant, que Dieu veille sur vous, et pensez quelquefois à la pauvre Suzanne ! » Sa main était tremblante, sa voix mal assurée, et des larmes coulaient de ses jolis yeux. Pouvais-je rester indifférent à tant de preuves d'amour et de dévoûment ? A quelle femme plus céleste pouvais-je lier mon existence ? Quelle assurance de félicité que la tendrese de sa compagne ! Des jours plus prospères pourront revenir ; ma chère Suzanne, m'écriai-je ; j'ai tout perdu, si le seul bien sur lequel je comptais, même avant tant de malheurs, m'était refusé, et mes regards indiquaient à Suzanne ce qui se passait dans mon âme. Elle me comprenait, et une vive rougeur colorait ses joues. « Eh bien, Suzanne, voudriez-vous, comme mon épouse, alléger mes malheurs, et me faire encore supporter la vie ? »

J'avais pris sa main, je la couvrais de baisers ; sa tête était penchée sur l'épaule de son oncle : elle ne pouvait parler, des pleurs de joie et d'amour étaient sa seule réponse.

Nous étions d'accord. Le vieil oncle, qui avait des amis dans le nouvel ordre de choses, ne tarda pas à trouver les moyens de nous unir le plus secrètement possible. Cependant mon mariage fut connu, et nous fûmes obligés de fuir.

On était loin d'être en sûreté dans les campagnes : nous pensâmes qu'au moyen de mon passeport, Paris serait le lieu où nous pourrions vivre plus inconnus, et ce fut à Paris que nous allâmes habiter.

Je ne regardais plus la capitale comme dangereuse pour moi, sous le rapport de ma première passion. La beauté de

Suzanne ; les plaisirs sans nombre que je goûtais près de cette âme aimante, me la rendaient de jour en jour plus précieuse. Il me semblait qu'on m'aurait plutôt arraché la vie que mon épouse. Nous vivions avec une rigide économie ; nous attendions avec résignation que le calme fût ramené dans notre patrie. Ce que je croyais n'avoir plus à craindre, fut ce qui porta le premier coup à ma tranquillité. Dans une de nos promenades, le hasard me fit rencontrer Adèle Grainval, elle avait perdu de sa béauté, sa mise annonçait qu'elle n'était pas dans l'aisance. Elle m'aperçut, et parut étonnée de notre rencontre ; elle regarda beaucoup ma compagne, et je vis qu'elle se retournait à plusieurs reprises.

J'eus l'air de ne pas la reconnaître. Mais quel trouble m'agitait ! Quoiqu'elle n'avait pas changé à son avantage, je ne revis point impunément la femme qui, la première, m'avait inspiré le délire de l'amour. Je chérissais mon épouse, et je sentais que j'adorais toujours Adèle ; c'est en vain que je combattis avec moi-même ; en vain j'établis des comparaisons toutes à l'avantage de Suzanne ; mes pensées me reportaient à mon indigne passion !

Jamais madame de Villemont ne soupçonna ce qui se passait en moi. Aurais-je troublé la tranquillité de cet être charmant, qui aurait tout sacrifié pour mon repos ? Mais combien je souf-frais, et combien chaque jour je me préparais de nouvelles souffrances !

Nous nous promenions souvent, et c'était vers les lieux où j'avais rencon-tré Adèle. J'étais aveuglé; j'étais entraî-né sans avoir la force de résister à ces coupables démarches. J'eus souvent le malheur de la revoir, alors j'éprouvais un secret plaisir; et sans paraître lui porter aucune attention, j'étais flatté, et ma joie se prononçait malgré moi, quand j'avais cru attirer ses regards. S'il arrivait que je ne la rencontrasse pas, ou que je n'en fusse point remar-qué, je tombais dans la tristesse, je devenais taciturne; je regardais Suzanne, et le remords flétrissait mon cœur.

Voilà l'état affreux où je me trouvais, m'accusant de ne pas rendre justice à la vertu, et à ce que la nature avait formé de plus enchanteur; tandis que j'étais idolâtre d'une femme très-ordinaire, et peut-être plongée dans la fange du vice. Le dirai-je? J'étais encore tellement l'esclave de ma première passion, qu'il me fallait toute ma force, toute mon amitié, et l'admiration que je ne pouvais refuser à la plus belle des femmes, pour ne pas voler aux genoux de la plus perfide.

Au milieu de ces tourments, le ciel me força de prendre enfin un parti courageux et digne de moi. Nous avions déjà dépensé une partie de notre avoir. La terreur était générale, la famine pouvait nous atteindre bientôt. Je fis alors quelques démarches pour chercher de l'emploi dans une maison de commerce. Parmi les négociants chez qui j'allais solliciter, il s'en trouvait un qui m'avait refusé brusquement. Je le rencontrai un jour que j'avais Suzanne à mon bras, il m'aborda cette fois avec beaucoup de politesse, s'excusa de m'avoir d'abord refusé sur ce qu'il n'avait rien alors à me promettre; mais ce jour il avait besoin de connaître ma demeure, et il me quitta en m'assurant qu'il croyait l'occasion venue de m'employer dès le lendemain. Il vint lui-même, mais seulement renouveler mes espérances, l'emploi n'étant pas encore vacant: son premier commis l'accompagnait. Au bout d'une semaine, plusieurs personnes vinrent m'offrir leurs services.

Je vivais d'espérances. D'heure en heure je comptais trouver une occupation qui me permettrait en attendant le calme de subvenir à nos dépenses.

Suzanne que j'avais vue si contente, si heureuse de partager mon sort; Suzanne si courageuse, et que rien à mes côtés n'avait pu abattre; Suzanne enfin devint tout-à-coup triste et mal portante : chaque jour je la voyais dépérir; c'était une fleur dont la tête languissante semblait se pencher vers la tombe.

La situation de mon âme, les chagrins de mon épouse, me causaient mille tourments; je la suppliais de se calmer : elle se taisait, me pressait dans ses bras, et redoublait ses pleurs. Je ne reconnais plus Suzanne, lui dis-je un jour ; nous ne sommes point encore dans la misère, et d'ailleurs j'espère apprendre de toi à la supporter avec résignation ; prenons patience, bientôt nos amis. Suzanne m'interrompit : « Tes amis ?... Où sont-ils ?... Ah ! c'en est fait, je ne puis te cacher plus long-temps le chagrin qui me dévore ! Tu espères, infortuné, un autre avenir. Fuyons plutôt. Sais-tu de quel prix on voudrait te faire payer ce meilleur sort ? Du seul bien qu'on ne pourra te ravir. Les méchants, mon bien-aimé, ne viennent chez toi que pour te déshonorer. A peine es-tu sorti, que je suis en butte à leurs persécutions. Tout m'est promis, des emplois, une voiture, de l'or ; mais il faut tout accorder... Et qu'oppose-t-on à mon indignation ? Le spectacle affreux de mon époux, mourant de misère... Ah ! mon ami, quittons ces lieux, au nom de ta Suzanne, au nom de notre amour. »

Je restai stupéfait. Ferai-je un éclat ? Perfides humains, est-ce ainsi que vous respectez vos droits ? Chacun de vous crie à l'injustice, et se plaint d'être dupe ! Mais ne suis-je pas moi-même le plus lâche des hommes ? Au lieu de me laisser abrutir par une passion condamnable, ne devais-je pas la vaincre, suivre la voie de l'honneur, et surmonter le malheur avec courage ? Par mon apathie, n'ai-je point exposé mon innocente compagne à devenir la victime de la séduction ?

La leçon était cruelle ; mais elle éveilla mon attention sur Suzanne. Combien d'époux ne doivent leur fidélité qu'à la crainte du déshonneur ! L'amour propre fut souvent le véhicule le plus puissant à la pratique des vertus. Je me sentis dégagé d'un fatal prestige, et je vis enfin Suzanne parée de toutes ses précieuses qualités. Je la pris dans mes bras. Va, m'écriai-je, tu n'auras plus à craindre de semblables perfidies !

Avec mon passeport, je me rendis au Havre. Un bâtiment allait partir pour Saint-Domingue ; il y avait déjà eu quelques troubles dans ce pays ; mais le Cap était tranquille. Je n'avais pas les moyens de payer notre voyage. J'offris, comme marin, mes services au capitaine, qui les accepta pour prix de notre passage. Il me restait bien peu d'argent ; je l'employai à acheter quelques objets de pacotille, et malgré les croisières anglaises, nous parvînmes au Cap à bon port; j'y louai, toujours sous mon nom supposé, un modeste appartement. Secondé par ma chère Suzanne, mes opérations dans le commerce me furent très-avantageuses, et je vis avec plaisir ma petite fortune s'accroître de jour en jour.

J'avais recouvré le calme de l'âme ; j'étais heureux. Je ne désirais que la tranquillité du pays que nous habitions; nous vivions si bien l'un par l'autre, et l'un pour l'autre, que notre patrie nous était devenue indifférente, surtout au souvenir des scènes d'horreur qui s'y étaient passées.

Après plusieurs années, ma Suzanne me donna une autre elle-même, une fille qui devait être un jour l'image de sa mère : elle était l'unique fruit de nos amours. Tout portait à me croire dans un port assuré ; j'étais dans un enchantement continuel, mon univers était dans l'intérieur de ma maison, et ma félicité dans les regards de ma compagne et de mon enfant ! Mais hélas, d'autres événements me replongèrent dans un deuil éternel !

Les noirs sont insurgés : le Cap est assiégé ; dans une nuit plusieurs quartiers sont déjà en leur pouvoir. On bat la générale : je me lève à la hâte ; je cours du côté des flammes ; je rencontre le capitaine qui m'avait amené quelques années auparavant. « Où est votre épouse, me crie-t-il ? Tout est perdu, je suis pour mettre à la voile ; allez chercher votre famille, je vous attends avec mon canot à la pointe droite de la rade. »

Je retourne sur mes pas, ma rue est déjà en feu : des nègres hurlent comme des forcenés. Je me précipite à travers les flammes, j'arrive jusqu'à mon habitation ; Suzanne en sortait avec son enfant, et une cassette renfermant une partie de notre avoir. Nous marchons vers le lieu du rendez-vous, à la lueur d'un

affreux incendie ; nous étions attendus.
Tout-à-coup une horde d'insurgés nous
environne et nous attaque. Le capitaine
et un matelot accourent à notre défense ;
j'ai à sauver une épouse et un enfant
qui me sont plus chers que la vie ; Suzanne m'invoquait et jettait des cris qui
excitaient ma rage contre les nègres :
je sentais en ce moment mes forces
s'augmenter ; nous parvînmes enfin à
mettre nos ennemis en fuite.

Je n'entendais plus Suzanne, je cours
pour la rejoindre, un soupir m'arrête ;
c'est elle ! Ses mains embrassent forte-
ment mes genoux, sa fille était à ses
côtés, toutes deux sont baignées dans
leur sang : je veux me baisser pour les
relever. Hélas ! elles n'existaient déjà

plus... Moments affreux ! Il fallut employer la force pour me séparer de mon amie. Je ne voulais plus partir ; je voulais mourir sur son corps inanimé. Malgré mes cris et les efforts que je faisais pour me dégager des mains des matelots, on me transporta à bord. C'est là que, pendant une traversée longue et pénible, je connus tout ce que le désespoir peut inspirer; c'est là que j'invoquais à chaque instant la mort qui fut sourde à ma voix. Il me fallut revoir la France lors de la paix d'Amiens.

Nous débarquâmes à Marseille : c'était le lieu témoin des premiers pas qui me conduisirent à tant de malheurs. Quels terribles souvenirs ! Auguste, madame de Mirville, ma Suzanne et ma fille, se partageaient mes pensées! J'étais accablé sous le poids de mes infortunes ; je n'eus pas la force de changer de lieu ; je restai ainsi deux ans dans une entière apathie. Il me semblait que je n'avais plus le sentiment même de l'existence.

Le temps qui allége les plus grandes douleurs, me permit enfin de penser que j'avais peut-être encore devant moi beaucoup d'années à parcourir. Mais où me fixer? Je résolns de me rapprocher de ce qui me restait de Suzanne. J'écrivis en Normandie; on me répondit que je n'avais plus rien à espérer de mes biens; mais le père et l'oncle de Suzanne vivaient du produit d'une petite ferme. Aussitôt cette réponse, je pris la route de Paris, et après quelques jours j'arrivai à ma destination. En passant près de Montargis, je jetai mes regards sur ces campagnes, où des sentiments si heureux et si délicats m'avaient agité pour l'indigne Adèle, et je soupirai à leur souvenir.

J'ai confondu mes larmes avec celles des parents de ma Suzanne : je leur ai communiqué mes intentions. Une maison élégante, et dans une situation pittores-que se trouvait à vendre, elle avait dans sa dépendance quelques bois d'un bon rapport. J'en fis l'acquisition avec ce qui me restait de ma cassette, et c'est là que je vis, aussi tranquille que je puis l'être, après tant de funestes événe-ments.

A combien de réflexions je puis chaque jour me livrer ! Quelle eût été différente ma carrière, si mes premiers pas dans le monde avaient été mieux dirigés ! Si mes sens n'avaient pas été égarés ! Doué d'une âme aimante, enthousiaste du beau, constant dans mes goûts, dans mes affections, quelle eût été belle mon existence, si j'avais mieux connu le monde ! Si dans sa première exaltation mon cœur se fût dévoué à la modeste Suzanne, n'aurais-je pas eu dans Paris plus d'énergie ? Aurais-je été réduit par défaut de prévoyance à traverser les mers, à compromettre la vie de la plus vertueuse des femmes, et plus tard à la voir périr ? N'aurais-je pas vu couler mes jours avec plus d'honneur ? Comme magistrat , commerçant ou guerrier, n'aurais-je pas rendu quelques services à ma patrie ? Père de famille , entouré de mon épouse et de mes enfants, je mourrais content ; je laisserais après moi des objets chéris qui arroseraient ma tombe de leurs larmes. Je n'aurais pas vécu indifférent à tous les événements qui ont changé si souvent la face de mon pays.

Ah ! puissé-je enfin au déclin de mes ans, réparer , autant qu'il est en moi, l'inutilité de ma vie ! Ce que je possède m'offre du superflu ; une nouvelle loi va m'indemniser de la perte de mes biens pendant la révolution, je donne deux destinations à ce qui me reviendra : la première soulagera la misère de mes compatriotes, et puisse la deuxième aider la nation généreuse qui prodigue son sang pour secouer le joug honteux du barbare Musulman!

FIN.

www.ingramcontent.com/pod-product-compliance
Ingram Content Group UK Ltd.
Pitfield, Milton Keynes, MK11 3LW, UK
UKHW020844120726
13693UKWH00002B/810